Reliure serrée

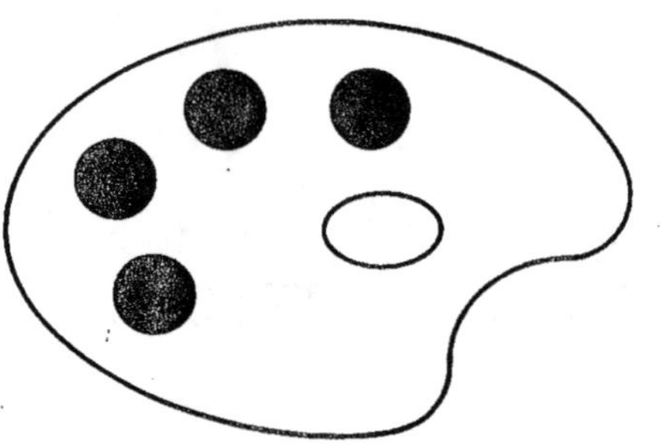

Original en couleur
NF Z 43-120-8

N°51
ARNOULD GALOPIN
10c mes
aventures
d'un
apprenti
Parisien
L'ACCUSATION

Notre Concours des Inventeurs

Voici les conditions du grand concours que nous ouvrons aujourd'hui.

Il s'agit d'établir le **plan COMPLET et DÉTAILLÉ** d'un **Hydroaéroplane**, qui ne soit point uniquement la copie de ceux qui existent aujourd'hui.

Les concurrents devront s'ingénier à trouver quelque chose de nouveau, un perfectionnement quelconque, qui fasse de l'hydroaéroplane un véhicule des plus marins, mais ne nuise en rien à sa vitesse aussi bien dans l'air que sur l'eau.

1° Les plans fournis devront être dressés sur des feuilles de papier à dessin, être tracés à l'encre de Chine et teintés à l'aquarelle. Tout plan au crayon sera refusé.

2° Les réductions devront toutes être ramenées à l'échelle de 0m 05 % pour 1 mètre.

3° Chaque plan devra porter en haut, à gauche, une devise ou un proverbe.

4° Tout plan qui porterait le nom et l'adresse d'un concurrent, serait immédiatement exclu du concours.

5° Les plans envoyés, devront être roulés et non pliés, et contenus dans un papier fort ou un carton léger.

6° Quand le concours sera terminé, nous publierons à cette même place, la devise ou le proverbe adopté par les candidats victorieux. Ceux-ci n'auront qu'à se présenter dans nos bureaux où ils toucheront **immédiatement** le prix en argent qui leur aura été attribué.

Ceux qui habitent la province recevront ce prix par lettre chargée dès qu'ils nous auront fourni les pièces nécessaires établissant leur identité.

LISTE DU JURY

Les hautes personnalités dont les noms suivent, ont bien voulu nous prêter leur concours pour juger les plans, et procéder à leur classement par ordre de mérite.

MM.

HENRY DE LA VAULX, vice-président de l'Aéro-Club.

MARQUIS DE DION, ingénieur, député de la Loire-Inférieure.

GABRIEL VOISIN, ingénieur-aviateur.

ANDRÉ BEAUMONT, enseigne de vaisseau, aviateur.

MAURICE TABUTEAU, aviateur.

GEORGES BESANÇON, secrétaire-général de l'Aéro-Club.

ARNOLD FORDYCE, secrétaire de la direction du *Journal*.

THÉOPHILE VALLET, ingr, constructeur de canots automobiles et de moteurs marins.

MM.

ROBERT ESNAULT-PELTERIE, ingén. civil, président de la Chambre syndicale des industries aéronautiques.

M. MALLET, ingénieur, directeur de la société " Zodiac ", fournisseur du ministère de la Guerre.

PAUL TISSANDIER, ingénieur-aviateur.

LOUIS DESMARS, architecte naval à Saint-Nazaire.

ALFRED VIGEANT, ingénieur.

JULES LEVALLOIS, ingénieur.

MASSON, ingénieur-mécanicien.

E. TSCHIERET, ingénieur-électricien.

F. DUBOIS, ingénieur.

Les prix seront décernés deux mois après la clôture définitive du Concours.

L'ÉDITEUR.

Prière de détacher et de conserver avec soin le bon que l'on trouvera au bas de la dernière page de la publication

L'accusation

CCLXXIII (suite)

Terrible aventure

— Je vous jure, s'écria l'enfant, que je ne suis pas un espion... avec trois de mes compagnons, nous accomplissons le tour du monde...

L'interprète traduisit de nouveau ces paroles, mais il faut croire qu'elles n'eurent pas le don de convaincre les hommes au « Masque rouge » car un nouveau murmure s'éleva parmi eux...

— Le chef ne te croit pas, reprit celui qui transmettait les demandes et les réponses, il dit que toi et ceux qui t'accompagnent sont venus ici pour nous surveiller.

— Que puis-je vous dire de plus, répondit Francis... puisque vous ne me croyez pas.

Brutalement, deux hommes se jetèrent sur l'enfant et le fouillèrent, mais ce qu'ils trouvèrent dans ses poches ne leur parut d'aucune importance.

Le chef secoua la tête, haussa les épaules et, s'adressant à ses hommes leur parla longtemps.

Francis ne comprenait pas ce qu'il disait, mais il devinait bien cependant qu'il était question de lui.

L'interprète reprit en regardant le jeune prisonnier

— Les « Masques rouges » ne font jamais grâce à ceux qui s'occupent de leurs affaires... Tu vas mourir !

Le gosse eut un frisson, mais reprenant aussitôt tout son calme, il répondit :

— Vous êtes libres de m'assassiner...

Quelques minutes s'écoulèrent.

Les bandits continuaient à causer entre eux.

Tout à coup, le chef donna un ordre.

Les bandits sortirent et il ne resta plus dans la pièce que le maître et quelques-uns de ses hommes.

Francis comprit que les brigands allaient essayer de capturer M. Voirin et ses amis.

Ah ! s'il avait pu les prévenir !

CCLXXIV

Il était temps !

Cependant l'ingénieur et Fabien ne demeuraient pas inactifs.

Après avoir exploré l'endroit où Francis avait disparu, ils descendirent dans le ravin.

Ils venaient à peine d'y pénétrer, quand le Parisien crut entendre un bruit de voix.

— Chut ! fit-il.

Et il se blottit derrière un rocher.

M. Voirin l'imita.

— C'est curieux, dit Fabien au bout de

Fabien avait, à la hâte, délivré son ami Francis
(page 804).

quelques instants, il me semble bien que l'on parle à côté de nous... je ne rêve pas que diable !...

— Certainement, répondit l'ingénieur... et les voix que nous entendons sont évidemment toutes proches...

Le Parisien qui s'était jeté à plat ventre s'avança de quelques mètres.

Soudain, il revint en arrière et dit à voix basse :

— C'est de cette caverne que part le bruit... Il y a des hommes derrière ces rochers et il est certain que Francis doit être parmi eux...

L'ingénieur et le Parisien attendirent quelques instants se demandant s'ils allaient risquer le tout pour le tout et se lancer au secours de Francis, quand un bruit de pas les fit se rejeter en arrière.

Des hommes portant tous un masque rouge s'avançaient dans le ravin.

Ils passèrent à côté des aviateurs sans les voir, puis ils escaladèrent sans bruit les rochers et disparurent presque aussitôt.

— Oh ! oh ! fit le Parisien à voix basse, je crois que Grondard va se trouver menacé.

— Oui... répondit M. Voirin...

Les deux aviateurs eurent un moment l'idée d'appeler Francis, mais ils réfléchirent que ce serait commettre une imprudence.

Ils préférèrent s'avancer jusqu'à la caverne.

Une fois devant l'orifice, Fabien écouta quelques instants, puis, il bondit dans l'intérieur.

Un coup de feu l'accueillit, mais le Parisien logea immédiatement une balle dans la tête de celui qui avait tiré sur lui...

Les autres bandits voulurent s'enfuir, mais celui qui était le chef tomba, à l'entrée de la caverne, en face de M. Voirin qui le coucha en joue en disant :

— Un pas de plus et je tire.

Pendant ce temps, Fabien avait, à la hâte, délivré son ami Francis.

— Ah !... il était temps, s'écria l'apprenti, figure-toi que ces vilains hommes masqués s'apprêtaient à me mettre à mort sous prétexte que j'étais un espion...

Comme ils sortaient, ils aperçurent l'homme que l'ingénieur tenait toujours en joue.

— C'est celui-là le chef, s'écria Francis... c'est lui qui voulait m'occire.

Fabien s'était précipité sur le chef, l'avait empoigné au collet et le poussait brutalement devant lui.

L'homme voulut résister, mais le Parisien avait la poigne solide et ne lâchait jamais ceux qu'il tenait.

On apercevait au loin, dans le chemin creux des bandits qui fuyaient.

— Les poltrons, s'écria Fabien... regardez-les donc, ils détalent comme des lapins.

Quelques instants après, on se trouvait devant l'aéroplane.

Grondard, son revolver à la main, semblait très surexcité.

— Ah ! vous voilà, fit-il... ces hommes que vous voyez là-bas, m'ont assailli à coups de pierres et j'ai bien vu le moment où ils allaient m'assommer.

« J'avais beau tirer sur eux, ils étaient si bien dissimulés que je ne pouvais les atteindre...

— Nous en ramenons un, dit Fabien.

Et il poussa près de l'aéro l'homme au Masque Rouge.

— D'abord, dit-il, ôte-moi ce vilain masque que tu as devant la figure... en voilà des façons de se présenter devant le monde... Nous ne sommes pas en carnaval.

Le chef, on le sait, ne comprenait pas le français.

M. Voirin lui adressa la parole en anglais.

Cette fois le bandit comprit.

— De quel droit, lui dit M. Voirin, arrêtez-vous et menacez-vous de mort des gens qui ne vous veulent aucun mal... si encore vous vous étiez adressé à moi, je l'aurais admis... mais s'en prendre à un enfant !

— Les enfants sont aussi dangereux que les hommes, répondit le brigand...

M. Voirin reprit :

— Pour vous méfier ainsi des gens, il faut que vous ayez la conscience bien chargée...

— Chargée ou non, ceci est notre affaire... mais nous sommes les maîtres dans ces régions et nous ne voulons pas que l'on cherche à connaître notre demeure.

— Ce que vous dites est stupide, fit M. Voirin... vous devez bien supposer que nous avons autre chose à faire que de vous espionner.

CCLXXV

Curieux billet

Francis qui s'était assis sur le sol riait à gorge déployée en voyant la mine contrite du bandit.

— Hein, mon vieux, s'écria-t-il, tu ne fais pas le malin, à présent... tout à l'heure tu voulais me mettre à mort, mais je crois qu'à présent, c'est toi qui es menacé.

— Qu'allons-nous faire de ce gredin ? demanda Fabien.

— Ma foi, je ne sais, fit l'ingénieur, je ne puis le tuer cependant.

— Non... en effet... nous ne sommes pas des sauvages, mais ne trouvez-vous point qu'il mérite une bonne correction ?

— Pour ça oui... s'écia Francis.

— Si vous voulez, patron, reprit le Parisien, c'est moi qui vais me charger de lui infliger une petite leçon.

Le bandit avait toujours son masque sur la figure.

D'un tour de main, Francis le lui enleva.

— Oh ! s'écria-t-il, qu'il est laid cet individu-là... Je comprends qu'il mette un masque pour cacher sa vilaine frimousse....

Le bandit était affreux, en effet.

Son visage était entièrement tatoué, les dessins les plus étranges apparaissaient sur sa peau.

Dans le mouvement que l'homme avait fait pour empêcher qu'on le démasquât, un papier était tombé de ses poches.

M. Voirin le ramassa et parut atterré.

— Savez-vous, dit-il à ses compagnons, ce que contient ce billet.

— Ma foi non, répondit Fabien.

— Eh bien, écoutez.

Et l'ingénieur lut à haute voix :

« Les aviateurs qui vont passer ici sont des « détectives appartenant au gouvernement « Colombien... ils viennent vous surveiller... « Si vous pouvez vous emparer d'eux, mettez-« les à mort sans pitié... Votre salut est à ce « prix. »

Les aviateurs se regardèrent.

— J'ai traduit aussi exactement que possible, fit M. Voirin.

— Il doit y avoir du Steiner là-dessous, dit Fabien.

— C'est presque sûr, dit l'ingénieur, car il n'y a que notre ennemi qui puisse inventer de telles choses...

— Je m'explique alors pourquoi ces bandits se montraient si féroces, s'écria Francis.

M. Voirin tendit le billet au prisonnier et lui dit :

— Celui qui vous a écrit cela s'est moqué de vous... tout simplement...

Comme le temps passait et que la réparation était terminée depuis longtemps, Grondard donnait des signes d'impatience.

— Ne croyez-vous pas, dit-il, qu'il serait prudent de repartir... J'aperçois là-bas de vilaines figures derrière les rochers... il pourrait bien nous arriver encore quelque histoire.

— Vous avez raison, Grondard, fit l'ingénieur... allons, en route... laissons cet individu...

— Pas avant de lui avoir infligé la correction qu'il mérite, s'écria Fabien.

Et le Parisien administra au bandit deux vigoureux coups de poing, qui le firent choir sur le sol.

— Là, comme cela, il a son compte et il doit encore s'estimer heureux car nous aurions pu le traiter plus mal.

CCLXXVI

L'oil-Creek

Presque aussitôt l'aéro reprenait son vol.

— Tiens, s'écria Fabien, voici des messieurs là-bas qui arrivent à toute allure... j'ai dans l'idée que nous avons bien fait de déguerpir sans quoi nous aurions eu toute une troupe sur le dos.

Déjà les hommes n'étaient plus visibles.

On planait au-dessus de rochers abrupts.

Partout, c'était une nature âpre, sauvage.

On ne saurait se faire une idée de la tristesse de ces solitudes américaines.

Parfois, un animal effrayé par le bruit du moteur s'enfuyait entre les roches, parfois des hommes vêtus de peaux de bêtes et coiffés de grands chapeaux interrogeaient le ciel avec anxiété.

— Il serait prudent de nous élever, dit M. Voirin, car nous pourrions bien dans ces parages essuyer quelques coups de feu.

Il n'avait pas achevé ces mots qu'une balle passa en sifflant le long de l'aéro...

— Vous voyez ce que je disais, s'écria l'ingénieur.

— Oui, fit le Parisien, vous avez raison, mais les gens qui ont tiré sur nous ne sont pas ceux que vous pensez...

— Comment cela ?

— Tenez... regardez là-bas derrière ce grand rocher brun, on voit encore un petit nuage de fumée.

— C'est vrai, fit l'ingénieur...

Et il fit décrire un brusque crochet à l'appareil.

Quelques secondes après, il planait au-dessus de l'endroit d'où était parti le coup de feu et il apercevait, à sa grande stupéfaction, un monoplan qui reposait sur le sol et dans lequel deux hommes cherchaient à se dissimuler.

— Steiner !... balbutia-t-il.

— Je m'en doutais, s'écria Fabien... ah ! le misérable...

Et, saisissant un bloc de fer qui se trouvait à bord, le Parisien le lança dans le vide.

— Je les ai manqués, dit-il... mais ils ne perdront rien pour attendre... nous les repincerons bientôt...

M. Voirin avait repris sa marche en avant, lorsque le Parisien lui toucha doucement le bras.

— Patron, dit-il... pourquoi ne descendrions-nous pas... c'est le moment ou jamais d'avoir une explication avec Steiner... L'endroit est propice... nous pourrions enfin nous débarrasser de ce drôle.

— Non, répondit l'ingénieur... il vaut mieux laisser au hasard le soin de châtier ce misérable... Il aura son heure et avant peu sans doute.

— Je ne dis pas le contraire, mais s'il est parvenu à nous supprimer avant.

L'ingénieur ne répondit pas.

. . . .

. . . .

. . . .

On avait traversé en biais le *Yukon* et l'on allait bientôt atteindre la Colombie Britannique.

Une odeur de pétrole flottait dans l'air.

On se trouvait au-dessus de bassins pétrolifères.

— C'est là, dit M. Voirin, que fut découverte la première source de pétrole... nous nous trouvons au-dessus de Burkstown. Jusqu'à l'année 1830, on ne s'occupait guère de recueillir le pétrole, d'abord parce qu'on ne pensait pas pouvoir tirer quoi que ce soit de ce produit. Un propriétaire de ces régions ayant un jour fait creuser un puits pour alimenter d'eau ses plantations, fut tout étonné de rencontrer sous une couche de roc solide une nappe jaillissante dont le jet s'éleva à près de cinq mètres au-dessus du sol. Ce qui venait de jaillir, c'était du pétrole. Le liquide s'étant répandu dans un cours d'eau, des ouvriers s'amusèrent à y mettre le feu et l'on vit alors une vaste incendie s'allumer sur la rivière et embraser les arbres qui croissaient sur ses bords.

Dès ce moment, nous apprend M. L. Figuier, le sens américain flaira une affaire.

Des recherches furent faites sur divers points, et bientôt on annonça que les sources de pétrole se rencontraient en assez grand nombre, dans les pays du Nord.

C'est en 1858 qu'eut lieu, dans l'État de Pensylvanie, le véritable coup de théâtre de la découverte des sources jaillissantes d'huile de pétrole.

Le lieu où se passa cet événement mémorable, fut une vallée solitaire qu'arrose un petit cours d'eau affluent de l'Alleghany.

Ce petit cours d'eau, à peine assez fort pour porter et conduire les trains de bois des bûcherons, à l'époque de la crue des eaux, se nomme aujourd'hui l'*Oil-Creek*, et la vallée qui l'arrose a pris le même nom.

Quel est le véritable auteur de la découverte accidentelle, faite dans la vallée de l'*Oil-Creek*, de sources de pétrole jaillissantes et continues ?

On n'est pas entièrement d'accord sur cette question. D'après les uns, l'auteur de ce triomphant coup de sonde serait le colonel Drake, envoyé sur les lieux par la société commerciale dont nous venons de parler.

D'après d'autres, ce serait un fermier du pays, qui portait également le nom de Drake.

Il est facile de mettre les deux opinions d'accord, en admettant que Drake le fermier était l'ancien colonel du même nom.

Quoi qu'il en soit, Drake le fermier-colonel ou le colonel-fermier, avait fait creuser en 1858, dans la vallée de l'*Oil-Creek*, un puits artésien, profond de 20 mètres environ, pour chercher une source d'eau salée.

L'eau qu'il cherchait ne vint pas ; en revanche le pétrole, qui n'était pas attendu, se montra à sa place.

Le jet liquide arriva si subitement et avec une telle violence qu'il faillit noyer les cinq ou six ouvriers occupés à ce travail.

On s'imagine quelles furent la surprise, l'émotion et la joie de tous les acteurs de cette scène imprévue, de ce véritable drame de la science et de l'industrie. La source ne donnait pas moins de 4.000 litres d'huile par jour !

C'était pour l'heureux Drake une fortune inouïe, eu égard au prix où l'on vendait alors le litre d'*huile de Seneca*.

La nouvelle de cette miraculeuse trouvaille parcourut, comme un coup de foudre, tous les états de l'Union américaine.

On a beaucoup parlé de la *fièvre d'or* qui s'empara des Yankees, à l'annonce de la découverte des placers aurifères de la Californie.

Cette fièvre ne fut qu'une affection bénigne, comparée à la *fièvre d'huile* qui commença à agiter toutes les têtes de ce même pays.

On savait, en effet, que les gisements d'*huile* existaient avec une prodigieuse abondance, et qu'il suffisait d'un trou de sonde, d'une faible profondeur, pour faire jaillir des flots intarissables de ce précieux liquide.

On partait donc sur l'heure, laissant affaires, maison et famille.

On s'élançait sur les steamers ou la voie ferrée. Arrivé sur les lieux, on courait, à cheval, ou à pied, vers les bienheureuses régions.

Il fallait arriver à tout prix, et être les premiers, s'il était possible.

Les nouveaux pionniers défonçaient le sol sur tous les points où l'on avait signalé des sources d'huile minérale, et dans beaucoup de localités, on obtenait des succès extraordinaires.

On découvrit successivement des nappes

Fabien s'était précipité sur le chef, l'avait empoigné au collet (page 804).

souterraines dans l'État de l'Ohio, le Maryland, la Virginie, la Géorgie, l'Alabama, le Tennessée, le Kentucky, et jusqu'en Californie.

Les bitumes d'Ennis-Killen, dans le Canada, étaient connus depuis 1853 ; en 1859, MM. William et Hamilton les soumettaient à la distillation.

Quand la nouvelle de la découverte des innombrables gisements de pétrole de la Pensylvanie leur parvint, MM. William et Hamilton s'empressèrent eux aussi, de forer des puits artésiens.

A peine la sonde était-elle arrivée au-dessous du bitume, dans un terrain d'argile compacte, que l'on vit jaillir des sources qui donnèrent des quantités d'huile inespérées. Aussitôt les aventuriers et les *Chercheurs d'huile* accoururent dans ces nouveaux *placers*.

Ennis-Killen dans le Canada, et la vallée de l'Oil-Creek dans la Pensylvanie, sont restés jusqu'ici les deux centres les plus importants de la production du pétrole.

Nous ne croyons pas exagérer en fixant à dix mille le nombre de puits par lesquels le sous-sol de l'Amérique du Nord vomit, en ce moment, l'huile minérale.

On sait, aujourd'hui, qu'il existe un vaste bassin souterrain d'huile minérale qui s'étend, dans la direction du nord au sud, à partir du lac Erié, et qui traverse les Etats de New-York, de Pensylvanie, d'Ohio, de Kentucky, de Tennessée et de la Floride. Le pétrole se trouve, aussi, outre le Canada dont il vient d'être question, au Texas, en Californie, dans l'Illinois, etc.

Les quatre ports principaux d'arrivage en Europe, sont, par ordre d'importance : Liverpool, Londres, Anvers et le Havre.

L'Angleterre reçoit, en outre, par quantités énormes, l'huile de Rangoun, et même du pétrole puisé sur les côtes d'Afrique.

Plusieurs régions de l'Europe, que nous signalerons plus loin, fournissent aussi du pétrole. Les immenses territoires de l'Asie, de l'Afrique, des Iles Océaniennes, renferment, sans doute, de larges réservoirs d'huile, que nous saurons un jour utiliser.

Nos lecteurs se demandent peut-être quelle est l'origine de ce produit liquide qui se trouve en si grande abondance dans les profondeurs du sol de divers pays ?

On lui attribue généralement comme provenance géologique les vastes forêts qui couvraient le globe primitif.

Tout annonce que ce sont les arbres et les grands végétaux de l'ancien monde, qui nous ont laissé ce précieux héritage.

En certains pays, en Europe surtout, les grandes forêts de conifères et les marécages de la *période houillère* ont fourni le produit connu sous le nom de houille ; en d'autres pays, et surtout en Amérique, ces mêmes végétaux ont fourni, en même temps que la houille, ou à sa place, des liquides bitumineux.

Ces liquides, une fois formés, cheminent sous le sol, comme les eaux d'infiltration, entre deux couches imperméables ; ils peuvent donc se rencontrer en des points et sur des terrains fort éloignés des lieux où ils ont pris naissance.

Le pétrole n'est-il autre chose que le produit, à peine modifié, des résines propres aux grands végétaux conifères de l'ancien monde ? Cette origine n'aurait rien d'impossible, si l'on considère le peu d'altérabilité des résines.

Dans ce cas, la matière végétale des arbres aurait disparu par le progrès des siècles, et la résine, moins altérable, se serait conservée.

Nous inclinons vers cette hypothèse, que nous émettons, d'ailleurs, d'après nos propres vues, car nous ne l'avons vue exposée nulle part.

Toutes ces hypothèses reviennent à attribuer les huiles minérales à une transformation chimique des matières organiques, opérée au sein de la terre, et c'est là, selon nous, la véritable origine de ces hydrocarbures naturels. Nous devons dire pourtant que plusieurs géologues veulent voir dans les pétroles, des produits d'éruption volcanique, c'est-à-dire attribuer à cette substance une origine toute minérale. M. de Chancourtois, géologue français, a été conduit à cette hypothèse par les alignements des principaux gîtes de naphte, de pétrole et d'asphalte, des diverses parties du globe, qui se feraient, selon lui, le long d'un tracé conforme aux théories de M. Elie de Beaumont ; mais l'explication qui attribue une origine organique aux divers bitumes, nous semble mieux d'accord avec les faits.

Il faut seulement ajouter que, quelquefois, ce sont des débris d'animaux qui ont pu fournir, en se décomposant, cette substance résineuse.

En effet, les bitumes pétrolifères se rencontrent dans une assez grande diversité de terrains. On les trouve, non seulement dans les terrains de la période houillère, mais aussi dans les terrains beaucoup plus anciens, c'est-à-dire dans les terrains silurien et devonien.

Ces terrains étant riches en animaux (mollusques et poissons), beaucoup plus qu'en produits végétaux, il faut admettre que la substance résineuse provient souvent de la décomposition putride du corps de ces animaux.

Dans l'Amérique du Nord, les couches les plus riches pour la production du pétrole appartiennent aux terrains les plus anciens, c'est-à-dire aux terrains silurien, devonien et carbonifère.

Le pétrole est fourni dans le Kentucky et le Tennessée, par les couches siluriennes inférieures, c'est-à-dire les roches stratifiées

Et il poussa près de l'aéro l'homme au masque rouge (page 805).

plus anciennes (calcaire de Trenton et bstie d'Utica).

Un autre niveau très productif, celui du anada occidental, fait partie du terrain devo-en inférieur.

C'est au même terrain dévonien, mais à son age supérieur, qu'appartiennent les couches s plus productives, celles de la Pensylvanie ccidentale et du groupe, en apparence intarisble, de la vallée de l'Oil-Creek.

A un niveau encore plus élevé, et à divers tages du terrain carbonifère se trouvent importantes sources. Les gisements les plus roductifs de la Virginie occidentale appartennent au terrain carbonifère supérieur.

D'autres gisements de pétrole de l'Amérique du Nord, appartiennent à des terrains oins anciens, que le terrain silurien ou devoien. Dans la Caroline septentrionale et le onnecticut, on en a trouvé de petites quantités dans le terrain secondaire. Dans le Corado et l'Utah, on trouve du pétrole à roximité des lignites du terrain crétacé terrain secondaire). Enfin les pétroles de Cafornie appartiennent au terrain tertiaire ; nais dans cette dernière contrée, on n'a pas ncore cherché à les exploiter.

En Europe, le pétrole se trouve le plus ouvent dans les terrains tertiaires, assises éologiques plus récentes, par conséquent, que celles dont il vient d'être question.

Le pétrole se rencontre uniquement, on le oit, dans les terrains stratifiés, c'est-à-dire lans ceux qui présentent une série de couches uperposées. On ne le voit jamais dans les ouches non stratifiées, telles que le granit, par xemple.

Au Canada, comme aux Etats-Unis, les ources de pétrole les plus abondantes sont onfinées dans les parties où les couches ont té ployées sur elles-mêmes. Dans ces parties omme disloquées, il s'est formé des cavités, les crevasses, des *failles*, comme les nomment es géologues, qui ont servi de réservoir naturel au liquide.

L'huile minérale s'y est rassemblée en même temps que l'eau salée et le gaz hydro-gène carboné qui l'accompagnent presque toujours.

Une couche d'argile recouvre habituellement ce réservoir, de manière à empêcher le liquide de s'échapper, jusqu'au moment où la sonde viendra percer l'enveloppe argileuse.

Quelles que soient la forme ou la disposi-tion des couches qui les renferment, ces trois substances, c'est-à-dire le gaz, le pétrole et l'eau salée, sont nécessairement superposées dans leur ordre de densité.

Selon la partie que la sonde vient frapper, elles doivent donc se présenter successivement ou simultanément.

La pression qu'exerce le gaz hydrogène carboné, explique la sortie impétueuse et spontanée du pétrole par l'orifice des puits récemment ouverts.

Dans la Pensylvanie occidentale, princi-pal centre de production, et où les puits les plus abondants sont disposés en quatre groupes, on a remarqué que la quantité de pétrole est proportionnelle à la profondeur atteinte par le forage.

La sonde atteint les bassins intérieurs les plus productifs à la profondeur de 180 à 200 mètres (1).

CCLXXVII

Le feu qui marche

M. Voirin et ses compagnons faillirent être victimes d'une de ces sources jaillissantes.

La nuit était venue.

Ils avaient été obligés d'atterrir et s'étaient posés dans un endroit où ils se croyaient en sécurité quand soudain, une flamme s'éleva dans le lointain, sautilla un instant comme un feu follet, puis se mit à courir sur le sol en grossissant de plus en plus.

Les aviateurs se virent perdus.

Leur appareil était immobilisé et ils voyaient avec angoisse arriver le moment où la flamme qui était maintenant énorme et couvrait une superficie de près de cent mètres carrés allait se jeter sur eux.

En vain Grondard essayait-il de remettre coûte que coûte le moteur en marche, il ne pouvait y parvenir.

La nappe de feu n'était plus qu'à une cin-quantaine de mètres.

Il n'y avait plus qu'une solution possible... fuir et abandonner l'appareil.

Les aviateurs essayèrent de pousser celui-ci devant eux, mais le terrain était tellement accidenté qu'ils furent obligés, au bout de quelques mètres, de renoncer à cet espoir.

Soudain, ils poussèrent un cri de joie.

( ) L. Figuier, *Les merveilles de la Science.*

La nappe de pétrole enflammé rejetée de côté par une ligne de rocs avait pris une autre direction et s'éloignait maintenant des aviateurs.

— Sauvés ! s'écria Francis en embrassant le pauvre To-Tau que la lueur de l'incendie terrifiait.

— Oui, sauvés ! répéta Fabien, mais on peut dire qu'il était moins cinq... c'est égal, il n'est pas prudent de demeurer dans ces

mière et s'élargissait d'une façon inquiétante.

Les aviateurs qui virent le péril se précipitèrent tous vers Grondard.

Lui seul à ce moment, tenait entre ses mains le salut de ses compagnons.

— Eh bien ? demanda M. Voirin.

— Nous sommes prêts, répondit le mécanicien, plus que ce boulon à remettre et nous pouvons repartir.

La flamme avançait toujours...

Il aperçut, dans le chemin creux, des bandits qui fuyaient (page 804).

parages et je crois que nous ferions bien de les quitter le plus vite possible...

— Dans cinq minutes, nous pourrons repartir, répondit le contremaître d'une voix haletante.

Le pauvre Grondard s'était tellement hâté qu'il suait à grosses gouttes et pouvait à peine parler, tant il était oppressé.

Cependant quelque diligence qu'il apportât dans son travail, il avançait moins vite qu'il ne l'avait supposé.

Quand il avait terminé d'un côté, il lui fallait recommencer de l'autre.

Tout à coup, Fabien saisit le bras de M. Voirin et lui dit à voix basse :

— Là bas... regardez.

Une nouvelle gerbe de feu s'avançait menaçante.

Elle semblait plus rapide encore que la pre-

— Aurons-nous le temps de fuir, se demandait M. Voirin avec anxiété.

Soudain Grondard s'écria :

— Embarquez !

Et il mit aussitôt le moteur en marche.

Il était temps !

Lorsque les aviateurs furent à cinquante mètres du sol environ, la nappe lumineuse de pétrole enflammé occupait la place qu'ils venaient de quitter.

— Nous ne pourrons aller bien loin, dit Grondard, car j'ai bien peur que ma réparation ne soit incomplète.

— Tâchons d'aller le plus loin possible, dit l'ingénieur... il faut à tout prix dépasser cette région pétrolifère.

— C'est curieux, tout de même, dit Fabien, que le pétrole s'enflamme ainsi...

— Parfois, répondit l'ingénieur, les ouvriers

qui travaillent dans les mines de naphte allument quelques petits puits pour s'éclairer, mais ici ce n'est pas le cas... ces foyers ont été allumés par une main criminelle...

— C'est plus que certain...

Il y eut un silence, puis le Parisien reprit :

— Au fait, j'y pense, est-ce que Steiner ne serait pas pour quelque chose dans tout cela.

Il avait à peine achevé ces mots que le tic-tac d'un moteur se fit entendre à quelque distance.

— Eh ! parbleu ! s'écria Fabien... je m'en doutais... Les misérables qui nous suivent ont une imagination infernale... Ils trouveront bien encore quelque chose... non, voyez-vous, patron, nous ne pouvons nous laisser ainsi faire... Ces assassins auront notre peau, cela est sûr.

CCLXXVIII

Grave complication

C'étaient en effet Steiner et son complice Walder qui avaient allumé les sources de pétrole.

Le coup était habile et pouvait certainement réussir.

Si les aviateurs n'avaient pu s'élever à temps, ils eussent été brûlés avec leur appareil.

En effet, tout était admirablement combiné de la part de Steiner.

Il avait tout calculé.

Les sources de pétrole envoyaient de toutes parts un liquide gluant qui s'étendait peu à peu, formait un vaste lac puis se répandait dans toutes les directions.

De toute façon, si M. Voirin et ses compagnons n'avaient pu s'enlever à temps, ils eussent été à un moment environnés d'une véritable barrière de feu.

Steiner croyait bien que cette fois, il tenait ses adversaires.

Il les suivait depuis qu'ils avaient quitté les roches habitées par les hommes au masque rouge et cherchait quel nouveau piège il pourrait bien tendre à ses ennemis, quand le hasard avait voulu que l'aéro français fût obligé d'atterrir.

Immédiatement, Steiner qui réglait sa marche sur ses concurrents s'était posé sur le sol à quelque distance.

Ayant remarqué qu'il se trouvait sur un terrain pétrolifère, il avait résolu de mettre à profit l'excellente occasion qui se présentait.

On sait que le pétrole ne s'enflamme pas instantanément et qu'il faut qu'il soit préalablement un peu chauffé.

Steiner vida sur la nappe liquide un bidon d'essence à laquelle il mit le feu et l'incendie ne tarda pas à se propager avec une rapidité terrifiante.

Tout était bien combiné, mais on a vu que les circonstances avaient encore une fois favorisé les aviateurs.

Cependant, l'alarme avait été donnée dans tout le bassin pétrolifère.

Des hommes couraient en tous sens cherchant à isoler les divers puits qui communiquaient entre eux, mais le feu gagnait de plus en plus. Il fallut à la hâte creuser des tranchées, élever des remparts de sable.

Une grande lueur rouge accompagnée de gros flocons de fumée noire illuminait toute la campagne environnante.

L'incendie d'une source de pétrole est, en Amérique, un événement sensationnel. On prend en effet tant de précautions pour éviter pareils accidents que de telles catastrophes sont excessviement rares.

La nouvelle vola de bassin en bassin, de ville en ville et les autorités s'émurent.

Des cavaliers furent lancés dans toutes les directions.

En pareil cas, dans les régions du Nord de l'Amérique, les choses ne traînent pas.

Dès que les auteurs de semblables méfaits sont arrêtés, la foule les lynche aussitôt.

Steiner qui était au courant des us et coutumes des Américains de la Colombie avait jugé prudent de s'éloigner aussi vite que possible.

Malheureusement, les aviateurs français furent tout à coup immobilisés par une nouvelle panne.

Il fallut atterrir.

A la hâte, Grondard se mit à réparer.

Les lueurs de l'incendie montaient de plus en plus à l'horizon.

— C'est affreux, dit Fabien... Pour se venger de nous ce misérable Steiner va ruiner tout un pays... Le désastre est complet...

M. Voirin ne répondit pas.

Il regardait tristement l'horizon où montait lentement une large bande rouge.

Bientôt, un galop de chevaux frappa les oreilles des aviateurs...

Ils crurent tout d'aobrd que c'étaient les populations effrayées qui fuyaient devant l'incendie.

— Nous allons tout à l'heure, dit M. Voirin, être bousculés par une foule de fugitifs affolés... il faudrait se remettre en route le plus vite possible.

— Pas avar' un quart d'heure, répondit Grondard.

L'ingénieur eut un geste de découragement.

CCLXXIX

Prisonniers

M. Voirin voulut parlementer.

Il s'exprimait assez bien en Anglais, comme on sait.

M. Voirin le ramassa et parut atterré (page 8.15).

Il prévoyait un danger, mais il ne pouvait cependant se douter de ce qui allait arriver par la suite.

Bientôt, une bande de cavaliers, revolver au poing entourèrent les aviateurs et aux premiers mots qu'ils prononcèrent, M. Voirin comprit que ses compagnons et lui étaient soupçonnés d'avoir allumé l'incendie qui dévastait en ce moment toute la région.

Il voulut s'expliquer, mais les cavaliers ne lui en laissèrent pas le temps.

Ils sautèrent à bas de leurs chevaux et entourèrent les aviateurs en poussant des cris furieux.

———

L'un des cavaliers l'écouta, puis lui dit:

Inutile de chercher à vous défendre... nous sommes fixés... nous savons de source sûre que c'est vous qui avez mis le feu au bassin de pétrole... cet acte criminel vous coûtera cher, je vous en préviens... car nous ne pardonnons jamais à ceux qui se livrent à de tels méfaits.

— Monsieur, répondit l'ingénieur, vous pretendez être sûr de notre culpabilité mais je me permettrai de vous faire observer que l'on vous a induit en erreur.

— Non, répondit le cavalier... je suis certain de ce que je dis et il faut que j'en sois sûr, puisque je vais vous mettre en état d'arrestation ainsi que vos compagnons.

M. Voirin voulut encore parlementer.

— Ecoutez, dit-il, je vous jure sur l'honneur

ue nous sommes pour rien dans l'horrible catastrophe qui vient de se produire... nous sommes des voyageurs qui faisons le tour du monde... nous ne sommes pas des malfaiteurs.

— Malheureusement pour vous, dit le cavaier... on vous a vus... une dépêche reçue il y a quelques minutes vous signale comme étant es auteurs de l'incendie... on vous a même us allumer le feu à deux reprises différentes...

— Je vous jure, monsieur...

— Inutile de jurer... vous êtes pris, tant pis pour vous... vous vous expliquerez devant le Chérif et vous essaierez de le convaincre, si vous voulez, mais je vous préviens d'avance que vous perdrez votre temps... Avant une heure d'ici vous serez pendus !...

(A suivre.)

Lire dans le prochain Fascicule :

Le Chérif de Welton

A Noyon-Méon, petit bourg de l'Anjou dans l'école des garçons, les élèves suivent, d'un même regard impatient, la marche lente des aiguilles sur le cadran de la pendule. Le maître se lève, donnant le signal tant désiré de la récréation, et, bientôt, dans la cour blanche et morne, les enfants s'ébattent, avides de mouvements.

Tout à coup, dominant le tumulte, une voix vibrante de colère clame :

— Je te dis que tu viens de tricher !

— Tu mens, répliqua l'interpellé.

Mais l'accusateur se tourne vers les camarades, qui, curieusement, font cercle et, sollicitant leur approbation, demande :

— N'est-ce pas que Robert Gaillard vient de tricher ?

Dans l'espoir du divertissement d'une querelle, les gamins ne répondent pas. Pourtant, l'un d'eux, plus franc, déclare :

— Avec toi, Dubois, on ne peut jamais jouer. Aussitôt que tu perds, tu accuses ton partenaire de ne pas agir loyalement.

Mais Dubois, un grand diable à la physionomie sournoise, affirme à nouveau en narguant Robert :

— Oui, oui, tu es un tricheur !

Le jeune garçon, devant la mauvaise foi de son compagnon, perd patience, et, indigné, il réplique par un retentissant soufflet sur la joue de Dubois. Une lutte alors s'engage au grand amusement des autres gamins. Solide et vigoureux, Robert Gaillard a tôt fait de terrasser son adversaire.

Les garçonnets applaudissent le vainqueur et se moquent de la triste figure du vaincu.

Blême de rage, Dubois se relève, et, fixant Robert d'un regard méchant, il déclare :

— Vraiment, vous pouvez bien lui faire une ovation, à ce fils de voleur !

Robert bondit sous l'insulte. Saisissant Dubois aux épaules, il lui dit :

— Ose, misérable, répéter ce mensonge !

Méchamment, l'autre répond :

— Tout le monde, ici, le sait que tu n'es qu'un fils de voleur.

Il ne peut continuer. Robert, ne se possédant plus, lui emprisonne le cou dans ses doigts. A ce moment, attiré par le bruit, le maître intervient et sépare les deux belligérants.

La tête basse, morne et abattu, Robert s'éloigne.

Machinalement, au coup de sifflet ordonnant la rentrée des classes, il regagne sa place. Assis sur son banc, il songe à l'abominable révélation : « Voyons, murmure-t-il, ce n'est pas possible, ce Dubois a menti ». Pourtant, à la réflexion, il lui semble que le maître n'a nullement paru indigné de l'accusation de Dubois. Accablé, il suit le cours de ses sombres pensées, et il passe en revue, afin d'en tirer une conclusion, tous les faits qui jusqu'alors, lui avaient paru naturels : sa vieille nourrice, la mère Grégoire, chez laquelle il vit depuis la mort de sa mère, c'est-à-dire depuis sa plus tendre enfance, lui parle rarement de son père. Autrefois, il s'en souvient, son père venait assez souvent le voir. Un jour, brusquement, il y avait de cela cinq ans à peu près, il n'était pas revenu. Quand il avait demandé à sa nourrice la raison de cette abstention, celle-ci avait répondu que M. Gaillard était parti pour un long voyage. Il avait accepté l'explication ; mais en grandissant il avait trouvé anormal de ne jamais recevoir directement des nouvelles de son père.

Aujourd'hui il se remémorait toutes ces choses et se demandait avec anxiété si l'accusation portée contre son père était fondée. Au bout d'un instant, Robert releva la tête, résolu, coûte que coûte, à connaître la vérité...

Lorsque le garçonnet eut franchi l'enceinte de l'école, il gagna en courant l'humble maison de sa nourrice. A son entrée, la mère Grégoire, qui tricotait, lui demanda doucement :

— Te voilà, mon petit gars, as-tu bien travaillé ?

Sans répondre, Robert s'approcha de la vieille femme, et, incapable de se contraindre plus longtemps, il laissa tomber sa tête sur l'épaule de sa nourrice et sanglota... sanglota éperdument. Affolée, la mère Grégoire, maternellement, l'interrogea :

— Voyons, mon petit, mon cher petit, qui t'a fait du chagrin, dis-moi ?

Dominant son émotion, Robert se redressa et sécha ses larmes :

— Nounou, fit-il, jure-moi de me dire la vérité. Où est mon père ?

Embarrassée, la brave femme répondit :

— Mais Robert, ton père est en voyage.

D'un geste, Robert protesta :

— Je vais avoir bientôt quatorze ans, je ne suis plus un enfant, entends-tu, et j'ai le droit de savoir pourquoi mon père ne m'écrit jamais à moi ; pourquoi il ne vient plus me voir ; pourquoi enfin tu ne me parles presque jamais de lui ?

Devant la visible hésitation de sa nourrice, il poursuivit :

— Va, tu peux parler sans crainte, tu ne me feras jamais pleurant de mal que l'on m'en a fait tantôt.

— Mon Dieu ! que sais-tu ? fit-elle en laissant soudain deviner son inquiétude.

Et Robert de répliquer dans un cri douloureux :

— Ce que je sais ? Je sais que je suis un fils de voleur.

— Oh ! c'est affreux, affreux, gémit la mère Grégoire atterrée.

— Nounou, Nounou, supplia Robert, je t'en conjure, par pitié, dis-moi si cette chose abominable est vraie ?

La vieille femme, des larmes dans la voix, ne put que répéter :

— Mon pauvre petit gars ! mon pauvre petit gars !

— C'est donc vrai, mon père est un voleur ?

Et comme la nourrice restait muette, Robert comprit que ce silence était un aveu. Anéanti, en proie à un morne désespoir, il se reprit à sangloter. Très bas, comme si ces paroles lui faisaient du mal, il questionna :

— Alors mon père est en prison ?

Un hochement de tête affirmatif fut la réponse de la nourrice. Robert se rapprocha de la mère Grégoire, et, la forçant à le regarder :

— Maintenant, dit-il, que je suis fixé, tu peux bien me dire quelle faute mon père a commise ?

— Puisque tu l'exiges, écoute :

Ton père était encaisseur dans une grande banque de Paris. Un jour, il alla en banlieue opérer le recouvrement de sommes très importantes. En rentrant, le soir, il fut attaqué et dévalisé. Tel est le récit qu'il fit ; mais on ne voulut pas le croire. Comme il ne portait aucune blessure, aucune trace de violence, on l'accusa d'avoir simulé cette attaque afin de s'approprier l'argent. Il eut beau protester, jurer qu'il avait été volé, ne pouvant fournir la preuve de ses affirmations il fut arrêté et condamné à dix ans de prison. L'affaire fit beaucoup de bruit à cette époque, mais je pris toutes les précautions pour que, le plus longtemps possible, la vérité te fût cachée. Désormais tu sais tout. Et depuis bientôt cinq ans ton père est prisonnier.

Sans interrompre la vieille femme, Robert avait écouté et, lorsqu'elle eut fini, il déclara avec un accent d'ardente conviction :

— Eh bien, vois-tu, Nounou, je suis certain que mon père est innocent.

— Tu es un brave enfant, fit la nourrice émue, et moi aussi, j'ai toujours cru que ton père n'était pas coupable. C'était également l'opinion de mon mari. A ce moment-là, mon pauvre homme vivait encore, et il assista au procès. Il me disait avec quel accent de sincérité ton père se défendait. Du reste, il avait la conviction que, sans le chef de comptabilité de la banque, qui s'acharnait contre lui, il aurait été acquitté.

Je te le répète, à mon avis, ton père est innocent. Il était incapable de faire tort à autrui.

— Ah ! Nounou, fit Robert, puisque mon malheureux père n'est pas coupable et qu'il est en prison, par conséquent, incapable de prouver l'erreur dont il est victime, je te jure que moi, je n'aurai de repos que le jour où je pourrai lui rendre la liberté et l'honneur.

— Mon petit gars, ce que tu dis là est tout à ta louange ; mais c'est une tâche devant laquelle un homme reculerait.

Très décidé, Robert répliqua :

— Pour un fils, vois-tu, rien n'est impossible je veux prouver l'innocence de mon père.

— Voyons, que feras-tu ?

— Je ne le sais pas encore ; mais pour atteindre ce but, j'aurai toutes les énergies.

— Je ne doute pas de ton courage ; mais tu ne peux accomplir une tâche au-dessus de tes forces et de ton âge. Songe que l'avocat de ton père, Me Jourdan, a échoué.

Après une courte réflexion, Robert déclara :

— Je vais aller à Paris !

— Tu veux aller à Paris, Seigneur ! s'exclama la mère Grégoire, mais que feras-tu sans ressources dans cette grande ville ?

Et Robert de répliquer :

— Bah ! le travail ne me fait pas peur. Je trouverai bien le moyen de gagner ma vie.

— Non, Robert, protesta la mère Grégoire, je ne te laisserai pas partir. Paris me fait peur. Seul, mon pauvre enfant, que deviendrais-tu ? Réfléchis. Plus tard quand tu seras grand, tu pourras accomplir ce devoir sacré...

— Comment, fit Robert presque indigné, tu me conseilles d'attendre des années. Alors pendant que mon malheureux père languirait derrière les murs d'une prison, moi, son fils, je resterais inactif, à continuer une existence paisible. Non, non, Nounou, je veux agir, et malgré le chagrin que j'éprouve à me séparer de toi, demain je quitterai notre village, et je n'y reviendrai qu'avec mon père.

Résignée devant cette volonté qu'elle sentait inébranlable la mère Grégoire déclara :

— Je vais te donner l'adresse de mes vieux cousins qui habitent Paris. Tu iras les trouver de ma part. Ils te procureront peut-être un emploi et je te sentirai moins perdu dans l'immense ville, mon pauvre petit gars !

Le lendemain matin, en compagnie de sa nourrice, Robert arpentait le quai de la gare attendant le train qui devait l'emmener vers Paris. Il portait à la main son mince bagage.

Le train fit une bruyante arrivée et stoppa. La mère Grégoire serra Robert dans ses bras, ne pouvant se décider à relâcher son étreinte. Pâle et dominant son émotion, après un long baiser à sa nourrice, Robert monta dans le wagon.

Penché à la portière il adressa un dernier geste d'adieu à la vieille femme restée figée sur le quai. Il embrassa d'un long regard le verdoyant paysage et triste infiniment se laissa tomber sur la banquette. Il avait la soudaine et poignante sensation d'être désormais seul mais, plein d'espoir quand même, il allait vers une vie aventureuse, attirante et redoutable, à la fois, pour entreprendre la tâche sacrée de la lutte pour l'honneur !

. . . .

Il était quatre heures de l'après-midi, lorsque Robert arriva à Paris. Sur le trottoir de la gare d'Orsay, il s'arrêta étourdi par le bruit de la grande ville. Son paquet à la main il restait à la même place quand un monsieur bien habillé, mais à mine inquiétante, se dressa devant lui !

Lire la suite dans le n° 70 c BON-POINT AMUSANT, portant la date du 30 Octobre.

En vente partout : 5 cent.

Fontenay-aux-Roses (Seine). — Imp. L. BELLENAND.

www.ingramcontent.com/pod-product-compliance
Lightning Source LLC
LaVergne TN
LVHW021815060726
842528LV00004B/1347